HISTOIRE

D'UN

BON PETIT DIABLE

HISTOIRE
D'UN BON PETIT DIABLE
chez J. Hetzel
18. r. Jacob
Texte par Stahl.
Vignettes par L. Frölich

HISTOIRE

D'UN

BON PETIT DIABLE

VIGNETTES

PAR LORENZ FRŒLICH

TEXTE PAR P.-J. STAHL

BIBLIOTHÈQUE

DES SUCCÈS SCOLAIRES

J. HETZEL, 18, RUE JACOB
PARIS VIe

HISTOIRE

D'UN

BON PETIT DIABLE

I

Le papa de M. Michel est un papa si malheureux qu'on n'ose presque pas lui faire de visite. M. Michel est un très-mauvais sujet.

Et d'abord, pour que vous sachiez bien de qui il s'agit, je vais vous le montrer, M. Michel. Voici son portrait :

« Quoi ! direz-vous, ce petit garçon-là est-il si méchant? Sans doute, ses bas sont sur ses talons ; je vois bien que son tablier est très-chiffonné, et qu'il est même tout déchiré ; je vois bien qu'il brandit d'un air tapageur un bâton avec lequel il vient de crever son tambour pour s'en faire un grand soulier : mais enfin, malgré tout cela, il n'a pas une trop mauvaise figure.

« Et puis quel âge a-t-il, votre M. Michel, pour être si terrible? »

— M. Michel n'a que vingt-neuf mois; c'est vrai : mais pour la malice il n'a pas d'âge; c'est un vrai diable! c'est un démon!!

II

Attendez un peu : M. Michel s'aperçoit qu'on le regarde; vous allez voir quelle grimace il va vous faire au lieu de dire bonjour poliment.

Et quelle affreuse langue il va vous tirer.

Et comme le petit drôle va oser mettre son doigt au bout de son nez pour faire un très-vilain geste, qui veut dire aux personnes qu'on se moque d'elles.

III

Vous appelez M. Michel, vous prenez une voix bien douce pour lui montrer qu'il ne faut pas qu'il soit méchant ni malhonnête et que vous voudriez qu'il fût gentil; vous lui dites qu'étant méchant, personne ne pourra l'aimer, qu'il fait de la peine à son papa, à sa maman, et à tout le monde: savez-vous ce qu'il va faire? Il va se mettre en garde comme si vous veniez lui déclarer la guerre, et, qui pis est, il va entamer tout de suite les hostilités..

IV

En vérité, c'est à peine si j'ose vous le dire, tant c'est vilain, tant c'est mal : eh bien, M. Michel va oser faire comme on ferait — (mais qui est-ce qui fait cela? les derniers polissons seulement! — si l'on voulait cracher sur quelqu'un. Et vous vous étiez mis à genoux en face de lui, pour lui faire fête, pour n'être pas plus grand que lui, pour que cela lui fût commode de faire amitié avec vous!!!! N'est-ce pas abominable....

V

Oui, vous trouvez cela abominable! on ne peut pourtant pas tolérer qu'un enfant se permette des choses pareilles Vous allez vers M. Michel, vous voulez le gronder tout doucement d'abord. — Ah bien oui! La douceur n'est pas le régime qu'il faut à M. Michel ce matin : au lieu de se repentir, qu'est-ce qu'il fait? Il vous donne de très-grands coups de pied dans les jambes. Qu'est-ce que ferait de pis un malheureux gamin des rues, habitué à recevoir et à rendre des taloches, toujours en guerre avec tous, sans père ni mère, et sans aucune éducation? rien, à coup sûr.

VI

Et par-dessus le marché, M. Michel se met à crier comme un aigle, et en trépignant comme un petit enragé.

Là-dessus, son papa, sa maman, tout le monde est accouru. Tout le monde est désespéré de voir un enfant si méchant. M. Minet lui-même est tout effarouché. Le papa veut que M. Michel vous demande pardon. Vous dites que ce n'est pas la peine, qu'il ne le fera plus.... — « Si! si! je le ferai encore, » répond M. Michel.

Et comme son papa le tient par le bras bien serré, M. Michel vous jette sa baguette de tambour à la tête.

M. Michel a très-mal visé, sa baguette est tombée au milieu d'un carreau qui éclate en morceaux.... Dame! sa maman n'est pas contente, et Minet, qui dormait sur la croisée, est extrêmement déconcerté. Certes, M. Michel mériterait une bonne punition. Le fouet ne serait pas de trop pour tout cela.

Je crois, moi, que M. Michel ne peut pas l'éviter.

VII

Vous avez demandé grâce pour M. Michel. M. Michel est remis sur ses pieds, il n'a pas eu le fouet tout à fait. Vous croyez qu'il va être reconnaissant? Ah bien oui! Il rit entre les jambes de son papa, le petit sans cœur? Qu'est-ce que cela lui fait, une menace? Croyez-moi, avec des natures comme celle-là, les paroles ne sont rien. Ce sont les actes, les punitions seules qui peuvent être comprises.

VIII

Aussi voyez, M. Michel a échappé à son père, et après avoir passé entre ses jambes il passe comme un furet entre les vôtres.

Et le voilà qui se sauve dans le jardin. Comme il est léger, M. Michel! c'est à peine s'il sait courir.

IX

Sur l'ordre de son papa, la bonne de M. Michel a rattrapé M. Michel. Elle veut le rapporter. Mais M. Michel n'est plus un enfant, c'est une petite bête sauvage : il veut mordre sa pauvre bonne, il veut l'égratigner, et pourtant la trop bonne bonne essaye encore de l'embrasser. M. Michel lui déchire son bonnet, et même — mais sans le vouloir, j'espère, — il lui a arraché sa boucle d'oreille. Essayez donc, après cela, de prendre un mauvais sujet pareil par les sentiments.

X

Rosalie a l'oreille tout en sang ; elle a beau dire que ce n'est rien, je trouve, moi, que pour cette fois c'est trop fort. M. Michel est fouetté : rien n'est plus juste. — Je n'aime pas le fouet ; mais pour les trop méchants enfants, quand il n'y a plus d'autre moyen, il faut bien en arriver là.

Je dois constater une chose, c'est que M. Michel a enfin compris qu'on lui parlait le seul langage qu'il pût entendre.

M. Michel ne rit plus.

XI

De plus, M. Michel est mis en pénitence dans le petit coin avec défense d'en sortir, à moins qu'il ne vous demande pardon et à sa pauvre bonne aussi. Quelle figure de mauvais sujet il a, ce petit garçon-là, quand une fois il se sent pris! Est-ce que, si on ne se retenait pas, on ne le hacherait pas menu comme chair à pâté?

XII

Le voilà dans le coin. Vous croyez que M. Michel se repent parce que, après avoir crié jusqu'à en devenir coquelicot, il ne dit plus rien? Eh bien, pas du tout....

Quand sa maman, trompée par son silence, a été à lui pour lui demander s'il voulait être enfin un bon garçon, il n'a pas seulement voulu se retourner pour lui répondre.

XIII

Quand à son tour son papa, craignant qu'une si longue colère ne lui fît du mal, a été assez faible pour aller l'interroger, savez-vous ce que l'effronté a répondu à son papa, le savez-vous? Faut-il le répéter? Oui, je vais le répéter, car il faut que tout le monde sache ce dont M. Michel est capable. Il a répondu à son papa : « Quand je serai grand, j'achèterai un grand coin pour te mettre. Papa a fouetté son Michel, papa est un méchant aussi! » Ainsi, pour M. Michel, le juge et le coupable c'est la même chose. Quand ce petit garçon-là aura le sens de la justice, je l'irai dire à Rome.

Cette fois, ce n'est pas dans un coin, c'est dans le cabinet noir qu'on va mettre M. Michel. Quand il sera en prison, personne, bien sûr, ne le plaindra. Au contraire, tout le monde respirera, comme quand on sait qu'un malfaiteur, dangereux pour la société, est enfin hors d'état de nuire. Sa petite mère, qui l'aime trop pourtant, est si fâchée que c'est elle-même qui va fermer la porte à clef sur M. Michel.

XIV

M. Michel est un petit drôle; mais, comme tous les méchants, il n'est pas brave, M. Michel! Il commence par faire comme s'il l'était : il tape du poing contre la porte en faisant des gros yeux très-laids.... Il compte que le bruit qu'il fait va le rassurer; mais non! Quand on a la conscience bourrelée, il n'est rien qui vous paraisse plus inquiétant que le silence.

C'est quand tout se tait que la conscience a la parole.

Après avoir frappé du poing, il frappe du pied. Ah! s'il pouvait défoncer la porte! Mais les portes de prison c'est très-solide.

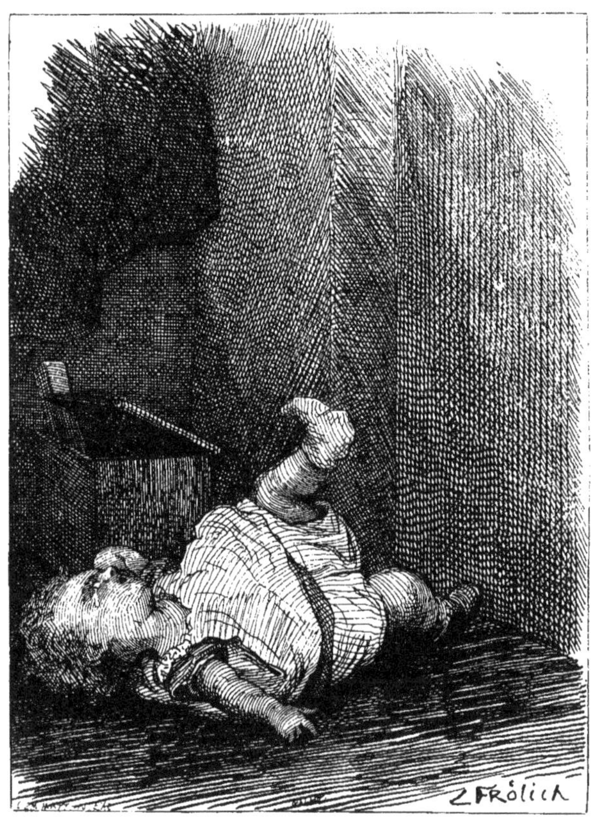

XV

Après avoir frappé du pied, il frappe encore autrement.
Mais ses efforts sont vains, la porte est en
chêne.

Mais quand il voit que personne ne lui répond, que c'est sérieux, qu'il est donc, pour de bon, tout seul, bien tout seul.... que décidément on ne pense plus à lui, qu'on est trop content d'être à jamais débarrassé de lui, et que peut-être il va rester dans le cabinet noir toute sa vie,... les larmes, les vraies larmes viennent. Il se laisse tomber par terre, comme quelqu'un qui sent enfin qu'ayant lassé tout le monde, tout le monde l'a abandonné.

XVI

Les larmes, quand ce ne sont pas des larmes de colère, mais des larmes qui viennent du cœur, les larmes ont du bon.

Tout en pleurant, M. Michel réfléchit. Il a fini par se dire qu'il a eu bien tort, qu'il a véritablement été par trop méchant, et que si personne ne peut plus le supporter, c'est bien sa faute. Ah! si son papa, si sa maman pouvaient l'entendre, comme il leur demanderait pardon, et au monsieur aussi, et à sa bonne qu'il a fait saigner, le méchant! et même à Minet qu'il a réveillé en sursaut.

La pauvre bonne mère n'avait peut-être fait que semblant d'être partie; je crois que restée dans la chambre, elle attendait le repentir de son petit enfant; son cœur lui disait que cette méchanceté de l'enfant qu'elle aimait tant ne pouvait pas durer toujours: elle a entendu à sa voix que M. Michel disait vrai et que c'était sincèrement qu'il la priait; elle a rouvert la porte. En apercevant son pauvre petit Michel à genoux, tout de suite la pauvre bonne mère a été touchée; son cœur, qui était si serré, s'est rouvert, — ses bras aussi.

XVII

Elle a pris son Michel repentant dans ses bras. Ah, comme il est bien là! Il n'a plus le cœur gros comme tout à l'heure. . Est-il assez sot d'avoir été si mauvais! Qu'est-ce que cela lui a rapporté? Est-ce que d'être dans les bras de sa chère maman cela ne vaut pas mieux mille fois que toutes les vilaines satisfactions qu'on cherche dans la méchanceté? Quand Michel sera grand, très-grand, comme il regrettera le bon temps où tous ses chagrins fondaient sur le cœur de sa mère chérie!

XVIII

Tout le monde est rentré. M. Michel dit à tous ceux qu'il a offensés qu'il va être sage ; et comme on voit qu'il est sérieusement corrigé, on veut bien lui pardonner.

Il veut embrasser sa bonne aussi, sa pauvre bonne qui
l'aime tant et à qui il a fait tant de mal
cependant.

XIX

C'est fini, bien fini. L'orage a passé. La bonne a été chercher l'éponge. On a mis de l'eau bien fraîche sur les yeux de Michel que la colère d'abord et les larmes ensuite avaient boursouflés. Cela fait beaucoup de bien d'être débarbouillé après qu'on a pleuré. Enfin! Enfin la paix est faite, et c'est bien heureux! Nous avait-il fait assez de chagrin à tous et à lui-même ce petit diable de Michel! Et dire qu'il lui est si facile d'être bon, sitôt qu'il le veut, et si agréable!

XX

Oui! M. Michel est changé, il est bien gentil; voyez plutôt, il remet lui-même son soulier. Sa bonne l'aide, mais rien qu'un peu.

XXI

Le petit Michel n'est décidément plus reconnaissable. On lui refait sa raie ; ce n'est déjà plus un petit ébouriffé comme tout à l'heure. On lui a passé aussi un beau tablier blanc, celui qu'il aime, parce qu'il a des poches. Tout le monde va aimer à présent le petit Michel et oublier que tout à l'heure encore il était insupportable. On l'oubliera, parce qu'on ne peut pas douter qu'après une si terrible leçon M. Michel ne recommencera plus.

XXII

M. Michel a tenu sa promesse, et il est devenu si obéissant que, quand il a oublié de l'être, il veut de lui-même et tout seul aller se mettre bien vite dans le coin; mais c'est si rare, si rare, ses caprices, que vraiment ce n'est pas la peine d'en parler. Lorsque par hasard cela arrive, son papa et sa maman sont obligés de le consoler. Il leur dit tout, et il a bien raison : péché avoué est à moitié pardonné. L'exemple de M. Michel prouve bien que tout le monde peut se corriger. Il est revenu de loin, ce petit garçon-là. Au début de son histoire, je l'aurais presque cru incorrigible. Vous me direz qu'à vingt-neuf mois il y a toujours de la ressource, et c'est vrai. Mais est-ce que vous ne connaissez pas des grands garçons de six ou sept ans qui n'ont pas l'excuse de son âge et qui ne valent pas mieux que M. Michel ne valait quand M. Michel ne valait rien, qui ne respectent rien, qui sont à cause de cela un objet de répulsion pour toutes les personnes sensées, et qui, pour tout dire, font ainsi le désespoir de leurs familles? J'espère que non. Mais s'il en était quelques-uns parmi ceux qui liront l'histoire de Michel, qu'elle leur apprenne ce qu'on peut penser d'eux.

P. J. STAHL.

SAINT-CLOUD. — IMPRIMERIE BELIN FRÈRES.

www.ingramcontent.com/pod-product-compliance
Ingram Content Group UK Ltd.
Pitfield, Milton Keynes, MK11 3LW, UK
UKHW021949260726
13994UKWH00004B/1628

9 782329 421650